# 아무도
# 웃지 않는 학교

바람솔 문고 08

# 아무도 웃지 않는 학교

1판 1쇄 | 2023년 8월 25일
1판 3쇄 | 2024년 5월 7일

글 | 정명섭
그림 | 김이조

**펴낸이** | 박현진
**펴낸곳** | (주)풀과바람
**주소** | 경기도 파주시 회동길 329(서패동, 파주출판도시)
**전화** | 031) 955-9655~6
**팩스** | 031) 955-9657
**출판등록** | 2000년 4월 24일 제20-328호
**블로그** | blog.naver.com/grassandwind
**이메일** | grassandwind@hanmail.net

**편집** | 이영란
**디자인** | 박기준
**마케팅** | 이승민

ⓒ 글 정명섭, 그림 김이조, 2023

**값** 11,000원
ISBN 978-89-8389-272-0 73810

※ 잘못 만들어진 책은 구입처에서 바꾸어 드립니다.

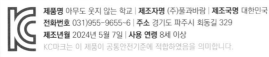

**제품명** 아무도 웃지 않는 학교 | **제조자명** (주)풀과바람 | **제조국명** 대한민국
**전화번호** 031)955-9655~6 | **주소** 경기도 파주시 회동길 329
**제조년월** 2024년 5월 7일 | **사용 연령** 8세 이상
KC마크는 이 제품이 공통안전기준에 적합하였음을 의미합니다.

⚠ 주의

어린이가 책 모서리에
다치지 않게 주의하세요.

# 아무도
# 웃지 않는 학교

정명섭 글 · 김이조 그림

바우솔

# 머리글

　우리가 살아가는 데 웃음은 꼭 필요한 존재입니다. 스트레스를 줄여 주고, 살아가면서 겪는 긴장감을 누그러뜨려 줍니다. 그리고 웃음이라는 원초적인 감정을 드러냄으로써 인간으로서의 감정을 느낄 수도 있죠. 하지만 사회적 긴장감이 높아지고 경쟁이 치열해지면 자연스럽게 웃음이 사라지게 마련입니다. 우리는 점점 좋은 세상을 살아가고 있지만, 거기에 따른 필연적인 경쟁으로 인해 웃음과 멀어지게 되었습니다. 그래서 지금을 '웃음이 사라진 시대'라고 생각합니다.

　웃기에는 너무 많은 일들이 벌어졌고, 즐겁기에는 너무나 많은 공부를 해야만 하기 때문이죠. 한때는 골목길에서 시끌벅적하게 들리던 웃음소리들은 이제 온데간데없이 사라졌습니다. 사람들은 웃지 않고, 웃지 않으면서 세상은 더욱더 어둡고 험난해졌죠. 특히, 학교에서 웃음이 사라진 것이 너무나 가슴이 아픕니다.

그래서 이 이야기를 쓰게 되었습니다. 웃음이 사라진 학교에서 벌어진 소동을 통해서 익숙한 것이 사라졌을 때의 고민과 아픔을 이야기해 봤습니다. 웃음을 익히기 위해 무술까지 배워야 한다는 얼토당토않은 이야기지만 그만큼 우리에게 웃음이 소중하다는 것을 일깨워 주었으면 하는 바람이 있습니다.

웃음은 배려이고, 따뜻함입니다. 저는 특히, 학교가 모두 행복하고 서로를 배려하는 웃음의 전초 기지가 되기를 꿈꿉니다.

정명섭

# 차례

아무도 웃지 않는 학교 ⋯⋯⋯ 9

학생들을 웃겨라 ⋯⋯⋯ 26

웃음권을 익혀라 ⋯⋯⋯ 42

사라진 대진이 ⋯⋯⋯ 60

그들의 정체 ⋯⋯⋯ 79

밝혀지는 진실 ⋯⋯⋯ 100

# 아무도 웃지 않는 학교

초등학교 교문 앞에서 쓱 눈치를 보던 한 사람이 잽싸게 가방에서 안경을 꺼내서 썼다. 그냥 안경이 아니라 우스꽝스러울 정도로 큰 파란색 테의 위쪽에는 '아린이 TV'라는 유튜브 채널 이름이 크게 붙어 있었다. 그리고 역시 아린이 TV라는 이름이 붙은 마이크를 꺼냈다. 그러고는 스마트폰 짐벌을 들고 앞에 서 있는 프로듀서를 바라봤다. 프로듀서가 손으로 시작해도 좋다는 신호를 보내자, 그는 카랑카랑한 목소리로 속사포처럼 떠들기 시작했다.

"아직 어른이 되지 않은 어린이를 위한 유튜브 채널, 아린이 TV를 진행하는 다 큰 어린이, 다큰이입니다. 우리 채널의

구독과 좋아요, 그리고 알람 설정 먼저 부탁드립니다. 제가 오늘 아린이 여러분에게 소개할 곳은 아주 특이한 곳입니다. 바로 서울 근교 제일시에 있는 제일 초등학교입니다. 이곳은 근처에서 땅값이 제일! 그리고 학구열도 제일!인 곳입니다."

마이크를 잡지 않은 왼손의 엄지손가락을 치켜세운 진행자 다큰이가 계속 떠들었다.

"그래서 이 제일 초등학교가 굉장히 유명한데요. 그런데 얼마 전부터 이곳에서 이상한 일이 벌어지고 있다고 합니다. 그것은 바로! 바로! 바로!⋯⋯."

몸을 돌려 제일 초등학교 교문을 가리킨 다큰이가 잠깐 뜸을 들였다가 외쳤다.

"학교에 다니는 아이들이 웃지 못한다는 겁니다."

그러고는 스마트폰 짐벌에 달린 휴대 전화에 바짝 얼굴을 들이대며 놀라는 표정을 지었다.

"제가 지어낸 말 아니냐고요? 천만에요. 정말 아무도 웃지 않습니다. 저도 처음에 제보를 받고 믿지 않았지만, 사실이라는 걸 알고 깜짝 놀랐습니다. 어떻게 이런 일이 벌어지게 된 걸까요?"

그때, 가방을 멘 학생들 몇 명이 교문을 나왔다. 그걸 본 프로듀서가 재빨리 학생들을 찍었다. 학생들은 얘기를 나누며 걸어 나오다가 우스꽝스러운 안경을 쓴 그를 보고는 까르르 웃었다.

"어, 다큰이다! 다큰이."

웃는 학생들을 본 다큰이가 손을 흔드는 척하다가 가운뎃손가락을 들었다. 그러자 학생들은 재미있다는 듯 웃으며 따라서 가운뎃손가락을 들었다. 그렇게 장난을 치던 다큰이는 교문에서 학교 보안관이 나오는 걸 보고는 황급히 줄행랑을 쳤다. 스마트폰 짐벌을 들고 있던 프로듀서는 그런 다큰이의 모습을 부리나케 쫓아가면서 찍었다. 다큰이와 프로듀서가 도망치는 모습을 보며 학교 보안관 황 씨가 고개를 절레절레 저었다.

"미친놈들 같으니, 이제 별별 것들이 다 오네, 정말."

두 사람이 자취를 감춘 걸 본 황 씨는 교문 옆에 높이 매달려 있는 CCTV를 힐끔 봤다. 순찰한다는 핑계로 식당 뒤편 벤치에서 잠깐 낮잠을 자려다가 교장 선생님의 전화를 받고는 황급히 달려왔다. 조금만 늦었다면 불호령이 떨어질 게 뻔했다. 위기를 넘긴 황 씨는 뒷짐을 지고 교문 안으로 들어갔다.

그때, 학교 최고의 말썽꾸러기인 한 다니엘과 친구들이 우르르 몰려오고 있었다. 한 다니엘은 이름과는 달리 토종 한국 학생이었는데 큰 키에 길쭉한 얼굴, 그리고 장난기가 가득한 눈빛을 가지고 있었다. 기운 넘치는 모습은 보기 좋았지만, 대신 말썽을 적지 않게 피워서 황 씨의 골치를 아프게 만들었다.

"얘들아, 뛰지 마라. 다친다."

하지만 학교 보안관 따위는 신경도 쓰지 않는 다니엘과 아이들은 들은 척 만 척했다. 뛰어서 교문을 지나친 아이들은 웃음보가 터졌는지 깔깔거리며 달려갔다. 그걸 본 황 씨는 혀를 찼다.

"아이고, 요즘 애들 하고는."

교문 안으로 들어온 황 씨는 슬쩍 한번 웃어 봤다.

"참, 이상한 일이야. 어떻게 안 웃다가 교문 밖으로 나가기만 하면 웃는 걸까?"

학교 안에서는 학생들이 웃지 못한다는 얘기가 퍼져 나간 덕분에 조금 전처럼 유튜버는 물론 신문과 방송 기자들이 수시로 학교에 나타났다. 제일시 최고라고 자부하던 학교에서는 면학 분위기를 해친다는 핑계로 모든 인터뷰나 조사를 거부하고, 아무도 접근하지 못하게 했다. 덕분에 학교 보안관 황 씨만 바빠졌다. 학교 곳곳에 있는 CCTV에 외부인이 찍히면 바로 휴대 전화로 연락이 오기 때문이다. 한숨을 푹 쉰 황 씨가 본관 쪽을 바라보며 투덜거렸다.

"차라리 굿을 하든가, 이게 뭔 난리람."

CCTV를 살펴보던 교장이 다시 자리로 돌아왔다. 그러고 는 의자를 당겨서 앉은 다음 긴 탁자에 둘러앉은 전문가들을 바라봤다.

"죄송합니다. 요즘 소문을 듣고 기자들뿐만 아니라 유튜버 인지 무튜버인지도 찾아와서 귀찮게 하네요."

교장의 재미없는 농담에 참석자들은 썩소를 짓거나 무표 정하게 넘겼다. 옆에 있던 교감이 재빨리 끼어들었다.

"그러니까 빨리 해결책을 찾아야만 하지 않겠습니까? 그 래서 전문가들이 모인 거고요."

교감의 말에 교장이 한숨을 쉬었다.

"그렇긴 한데 아이들이 웃지 않는 걸 어떻게 한단 말입니

까? 뭐, 나쁘지는 않잖아요. 방정맞은 웃음소리도 안 들리고."

교장이 웃으며 말하자 옆에 앉아 있던 교감이 눈치를 좀 챙기라는 듯 헛기침을 요란하게 했다. 그러고는 맞은편에 앉은 긴 파마머리의 중년 여성을 바라봤다. 두툼한 뿔테 안경을 쓴 여성은 탁자에 놓인 종이를 내려다보는 중이었다.

"김 교수님, 심리학적으로 분석해 주실 수 있겠습니까? 우리 학생들이 학교 안에서 웃지 않는 이유가 뭔지 말입니다."

교감의 질문에 김 교수라고 불린 중년 여성은 뿔테 안경을 끌어 올리며 대답했다.

"뭐, 여러 학생을 인터뷰해 봤지만, 뚜렷한 답은 안 나온 상태입니다. 심리라는 게 원래 좀 그래요. 딱 부러지게 답이 나오는 경우는 드물죠."

김 교수의 얘기를 들은 교장이 불만스러운 표정으로 말했다.

"거, 방송에서는 딱 부러지게 얘기만 잘하시더니."

"그건, 편집 때문이고요. 아무튼, 아이들이 학교 안에서 웃지 않는 가장 큰 이유는 소문 때문인 거 같습니다."

"소문이요?"

"학교 안에서 웃으면 성적이 떨어진다는 소문이 돌고 있었는데 모르셨나요?"

김 교수의 날카로운 반격에 교장이 떨떠름한 표정을 지었다.

"그런 말도 안 되는 헛소문을 누가 퍼트렸답니까?"

"퍼트린 게 문제가 아니라 믿는 게 문제죠. 지금 이 학교 학생들의 스트레스 지수는 제가 검사한 학교 중에서 가장 높습니다. 시험 때문에 스트레스를 받는 상황에서는 사소한 것들도 부풀려지게 마련이니까요. 설문 조사에 응한 학생 중 100퍼센트가 해당 소문에 대해서 알고 있다고 답했고, 그중 96퍼센트가 사실이라고 믿고 있고, 91퍼센트가 그래서 학교 안에서는 웃지 않는다고 했어요. 10명 중의 9명이 뭔가를 하지 않으면 다른 1명도 하지 못합니다. 그걸 하는 순간, 바보 취급을 받고 따돌림을 당할 테니까요. 이건 심리적인 문제가 아니라 의학의 범주에서 다뤄야 할 거 같습니다."

김 교수의 얘기에 실망한 교장이 그 옆에 앉은 젊은 의사를 바라봤다. 교장의 시선이 느껴지자, 요란스럽게 헛기침을 한 젊은 의사가 말했다.

"학생 몇 명의 두뇌 사진을 찍고 분석해 봤지만, 별다른 이상은 없었습니다. 사실, 한두 명이 이상할 수는 있어도 전교생이 전부 의학적 문제로 웃지 못한다는 건 불가능한 일입니다. 거기다 학교 안에서는 웃을 수 없고, 밖에서는 얼마든지 가능하다는 것은 의학으로는 설명하기 어렵습니다. 심리적인 문제라고 봐야 합니다.”

젊은 의사의 얘기에 김 교수가 눈살을 찌푸렸다.

“제가 학교의 학사 일정과 방과 후의 학원에 있는 시간을 조사해 봤는데요. 살인적으로 길었습니다. 그러니 아이들이 웃으려야 웃을 수가 없죠. 원인은 학교에 있지 학생들에게 있는 건 아닙니다.”

김 교수의 얘기를 들은 교감이 한숨을 쉬었다.

“어느 정도는 공감합니다. 하지만 학교로서는 학생들이 좋은 성적을 거둘 수 있도록 최선을 다해야만 합니다. 그리고 학사 일정이 살인적이라고 하셨는데, 다른 학교들도 비슷합니다. 그러니 우리 학교 안에서 학생들이 웃지 못하는 게 공부에 관한 스트레스 때문이라고 보기는 어렵습니다. 저는 의학적인 문제라고 생각합니다만.”

교감의 얘기를 들은 젊은 의사가 발끈했다.

“그렇게 생각하기에는 학교 안에서는 웃지 못하고 밖에서는 웃을 수 있다는 점이 설명될 수 없습니다. 자꾸 떠넘기지 마세요.”

“누가 떠넘겼다고 그래요!”

양쪽이 서로에게 책임을 떠미는 듯 얘기하자 교장은 난감한 표정을 지었다.

그때 맞은편에서 조용히 얘기를 듣던 중년의 사내가 묵직

한 헛기침을 했다. 그러자 다들 입을 다물고 그를 바라봤다. 팔짱을 낀 채 잠깐 생각에 잠겨 있던 중년의 사내가 고개를 절레절레 저었다.

"하루 이틀도 아니고 매일 만나서 회의하면 뭐 합니까? 이런 얘기나 하는데요."

그의 따끔한 말에 다들 어색한 침묵을 지켰다. 사실상 이번 회의는 그의 주장으로 제기된 것이나 다름없었기 때문이다. 한심한 눈빛으로 교장을 비롯한 참석자들을 살펴본 그가 말했다.

"아무리 전문가를 투입해서 분석하고, 회의해 봐도 답이 나오지 않으면 답은 하나밖에 없군요."

그의 얘기를 들은 교장과 교감이 거의 동시에 침을 꿀꺽 삼켰다. 고검장까지 지내고 대형 법률 회사에 들어간 그는 한때 법무부 장관 후보에 오르내릴 정도로 거물이었다. 그의 늦둥이 아들이 제일 초등학교에 다니고 있는데, 역시 학교 안에서 웃지 못했기 때문에 엄청 스트레스를 받는 상태였다. 한동안 침묵을 지키던 그가 말했다.

"만약 이번 학기 안에 뾰족한 해답이 없다면 아이의 전학을 고려하겠습니다."

그의 폭탄선언에 교장과 교감은 서로의 얼굴을 바라보며 난감한 표정을 지었다. 어떻게든 막아야 할 일이 터진 것이다. 하지만 그의 단호한 말투와 굳은 표정을 본 둘은 섣불리 입을 열지 못했다. 침묵이 이어지는 가운데 교감이 가까스로 입을 열었다.

"어, 어떻게든 해결책을 찾도록 하겠습니다."

"그러는 게 좋을 겁니다. 아이가 학교에서 웃지 못하는 것 때문에 아내가 엄청 스트레스를 받고 있어요. 아예 호주나 뉴질랜드로 유학을 보낼까도 고민 중입니다."

얘기를 마친 그가 법원에 가 봐야 한다고 인사하고는 교무실을 나갔다. 낙담한 교장이 고개를 숙인 가운데 교감이 김 교수와 젊은 의사 등에게 나가 봐도 된다고 눈짓했다. 모두 부리나케 밖으로 나가자, 교장이 고개를 들었다.

"큰일이군. 학부모 대표인 김 변호사가 자식을 전학시킨다면 다른 학부모들이 그냥 있지는 않을 건데 말이야."

"그러게 말입니다. 우리가 이렇게 전문가를 불러서 회의까지 열었으면 좀 참아 주지……."

교감이 안타깝다는 듯 말했다. 하지만 교장은 다시 고개를 숙였다.

"좀 있으면 정년인데 말이야. 어떡한다."

한숨을 쉬는 교장의 눈치를 보던 교감이 슬쩍 말했다.

"차라리 현상금을 걸어 볼까요?"

"현상금?"

조심스럽게 얘기를 꺼낸 교감은 교장이 의외로 관심을 드러내자 용기를 냈다.

"요즘 세상에 돈으로 안 되는 게 어디 있겠습니까? 학교 안에서 아이들을 웃기면 현상금을 주겠다고 내걸면 진짜 전문가들이 나타날 겁니다."

교감의 얘기에 교장이 무릎을 쳤다.

"그렇지. 엉뚱한 얘기나 하는 의사나 교수들 말고 진짜 전문가들이 오겠지. 좋은 아이디어네요."

"그럼 제가 포털 사이트에 모집 공고를 올려보겠습니다."

신이 난 교감에게 교장이 말했다.

"잠깐만."

"왜요?"

"우리가 직접 하면 말들이 나오지 않을까?"

"물론이죠. 제 조카 중에 유튜브를 하는 애가 있는데 걔한테 시키려고요."

"아, 그럼 우리는 뒤에서 돈만 주면 된다 이거군요."

교장의 말에 교감이 고개를 끄덕거렸다.

"물론입니다."

"그럼 당장 연락해서 모집 공고를 올리라고 해요. 제일 초등학교 학생들을 학교 안에서 웃기는 사람에게는 큰 상금을 준다고 말입니다."

"알겠습니다."

"학생들을 웃기지 못하면."

심각한 표정의 교장이 교감에게 덧붙였다.

"우리가 큰일 납니다."

비장한 표정의 교감이 고개를 끄덕거렸다. 그러다가 갑자기 생각났는지 입을 열었다.

"참, 전학 신청이 들어왔습니다."

"누군데요?"

"직접 보시죠."

교감이 자신의 책상에서 가져온 태블릿 컴퓨터의 화면을 켜서 교장에게 보여 줬다. 손가락으로 화면을 스크롤 해서 살펴보던 교장의 얼굴이 찌푸려졌다.

"성적도 별로고, 학생들과 잘 어울릴 거 같지 않네요."

"그렇긴 한데 지난 석 달간 전학 간 학생이 곧 11명이나 됩니다."

한숨을 쉰 교감이 덧붙였다.

"12명이 될지 모릅니다. 그러니 1명쯤은 받는 게 좋겠습니다."

교감의 얘기를 들은 교장이 책상을 손가락으로 두드리면서 잠깐 생각하다가 고개를 끄덕거렸다.

"그렇게 합시다. 전학이 중요한 게 아니고 아까 그 일을 잘

처리하는 게 중요합니다."

　　교장의 말에 교감이 고개를 끄덕거렸다.

　　"물론입니다. 그 건을 더 신경 쓰겠습니다."

# 학생들을 웃겨라

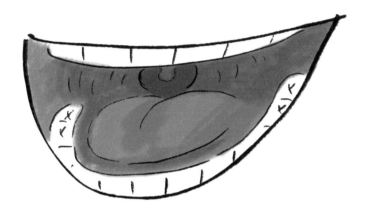

> 어이

게임을 하던 다니엘은 화면 한구석에 뜬 모바일 메신저 메시지를 보고는 냉큼 댓글을 달았다. 작년에 전학을 간 절친 정영이었기 때문이다.

> 이게 어이가 뭐야, 어이가 없네.

> 우리 아버지도 안 쓸 아재 개그를 하다니, 넌 대한민국 최고의 애늙은이일 거야.

> 어쩔 TV.

얼씨구, 공부만 하는 학교에
다니더니 유행어도 개늦네.

게임 중이야. 용건이 뭔데?

요즘 너희 학교 난리 났다며?

메신저 창에 뜬 글귀를 본 다니엘은 살짝 짜증을 내며 키보드를 두드렸다.

네가 열여섯 번째다.

뭐가 열여섯 번째라는 거야?

너희 학교 난리 났다며, 라고 물어본
숫자.

나름 순위권이네. 읊어 봐라.

시골로 가더니 뻔뻔해진 거 봐.

시골이라니, 천당 아래 분당 얘기 못 들어 봤어?

하늘 아래 제일은 들어 봤지.

다니엘은 정영이가 코웃음을 치는 모습을 상상하며 콜라를 한 모금 마셨다. 피시방 안은 키보드를 치고 마우스를 클릭하는 소리로 가득했다. 간간이 욕설이 섞인 한탄과 웃음소리도 들렸다. 그사이, 메시지가 다시 올라왔다.

빨리 얘기 좀 해 봐. 요즘도 학교 안에서 아무도 웃지 못하는 거야?

그건 오래된 일이지.

덕분에 난 전학을 올 수 있었지. 넌 여전히 못 빠져나오는구나.

아빠가 넌 웃음이 헤프니까 학교 안에서는 좀 안 웃어도 된다고 했어.

뼈 때리네. ㅋㅋㅋㅋ

부러졌다가 얼마 전에 붙었다. 어떤 유튜버가 현상금을 걸었어.

무슨 현상금?

학교 안에서 학생들을 웃기면 천만 원을 준다고 말이야.

그건 짤방으로 도는 걸 보긴 했어.

근데 진짜로 몰려오더라.

누가?

정영이의 물음에 다니엘은 한숨을 쉬면서 키보드를 두드렸다.

별의별 미친놈들이 다 몰려왔어. 멘토를 자처하는 인간도 왔고, 뼈그맨이라고 뼛속까지 개그맨이라는 아저씨도 오고, 이상한 종교 단체에서도 오고, 무슨 무슨 박사도 오고……

종교 단체?

웃음교라고 들어 봤냐?

진짜?

포털 찾아봤더니 진짜 있더라. 모여서 웃는 종교래. ㅎㅎㅎㅎ

잠깐만, 찾아보니까 진짜 있네?

그렇다니까, 거기다 민준혁이라는 탐정이 나타나서 무슨 범죄가 벌어지고 있다고 하다가 쫓겨났어.

탐정도 왔어?

꼴에 조수도 있더라. 상태라고 상태가 안 좋아 보이는 애. 그리고 공포 탐정이라는 유튜버도 와서 이상한 부적을 붙이다가 학교 보안관이랑 한바탕 붙었어.

그 아저씨 아직도 있어?

날마다 찾아오는 사람들 쫓아내느라 환장하더라.

골 때리네.

웃기는 일이지.

그런데 아무도 안 웃잖아.

그게 진짜 웃기는 일이지. 나도 웃으려고 해 봤는데 진짜 웃을 수가 없더라고.

학교 안에서 여전히 못 웃는 거야?

그렇다니까. 예전에 우리 억지로 웃으려고 입가를 당겨 봤던 거 기억나?

기억나지. 그게 안 돼서 서로 겨드랑이 간지럼을 태웠는데도 웃음이 안 나왔잖아.

그렇지. 그러다가 교문을 나서자마자 웃음이 터져서 길바닥을 데굴데굴 굴렀지.

어찌나 웃었던지 배가 아플 지경이었잖아. 그런데 다시 학교 안으로 들어가니까 웃음이 뚝 그쳤어.

맞아. 거기다 요즘은 웃으면 성적이 떨어진다는 소문까지 돌아서 아무도 못 웃어.

웃음을 잃은 학교라니, 겁나게 우울하네.

웃기지 않냐?

그러게.

잠시 주저하던 다니엘이 키보드를 두드렸다.

더 웃긴 거 알려 줄까?

뭐?

얼마 전에 시골에서 전학해 온 애가 하나 있거든. 남자애.

전학생이 왔다고? 요즘 다들 탈출하는 중 아니었어?

그래서 학교에서 냉큼 받았나 봐. 그런데 걔가 좀 이상해.

왜? 웃고 다녀?

그러면 걔가 상금을 받았겠지.

상금? 학생들도 받는 거야?

지난주에 마리가 상금을 내건 유튜버한테 물어봤대. 만약 누가 우리를 웃긴 게 아니라 우리가 먼저 웃으면 상금은 우리가 받느냐고 말이야.

그랬더니?

학생들이 먼저 웃으면 상금을 직접 준다고 했어.

와! 그래서 그 전학생이 받을 거 같아?

그건 모르겠고, 쉬는 시간마다 운동장으로 나가서 뭔가를 해.

그게 뭔데?

뭐라고 해야 하지? 우리 유튜브에서 봤던 옛날 무술 영화 기억나?

황비홍이었나?

그런 거 같다. 암튼 그 영화에서 나온 것 같은 걸 하더라.

무술을 한다고? 숨어 있던 무술 고수의 아들인가?

다니엘이 잠깐 생각하다가 덧붙였다.

이름이 대진이었어. 황대진.

겁나 촌스럽네. 근데 무술 고수라고?

춤추는 것 같기도 하고, 권법 같기도 하고 좀 이상해. 성민이는 당랑권이라고 했어.

걔가 뭘 안다고?

아무튼, 학교가 미쳐 돌아간다.

근데 운동장 한복판에서 그런 짓 하면 선생들이 안 말려?

재미있다고 그냥 놔두더라. 우리도 그래서 그냥 지켜보는 중이고.

아무튼 기운 내라. 여차하면 너도 여기로 튀어.

집에서 너무 멀다고. 시간 나면 주말에 게임이나 한판 할까?

요즘 공부 안 하냐?

나는 포기, 다들 공부에 미쳤어. 거긴 어때?

여긴, 그나마 숨은 쉴 수 있어.

주말에 게임 하러 올래? 우리 같이 게임 하던 피시방 컴퓨터 교체하고 리모델링했어.

진짜? 일요일 오후에 갈게.

좋아.

정영이와 이야기를 끝낸 다니엘은 게임 화면을 봤다. 하지만 흥미를 잃어버려 빠져나왔다. 그러다가 뭔가 깜빡했다는 걸 깨달았다.

"아! 책을 놓고 왔네."

과제 때문에 읽던 책을 학교 사물함에 두고 온 것이 생각났다. 모레까지 독후감을 내야 했기 때문에 오늘까지 다 읽어야만 했다. 다시 학교에 가야 한다는 사실에 살짝 짜증이 났지만 어쩔 수 없었다. 주섬주섬 가방을 챙긴 다니엘은 게임비를 계산하고 피시방을 나와서 학교로 향했다.

학교 앞에는 여전히 남아 있는 사람들이 있었다. 머리에 이상한 탈을 쓴 아저씨는 방울을 흔들면서 교문 앞에 이상한 색깔의 물을 뿌리는 중이었다. 그 옆에는 이상한 검은색 옷을 입은 중년 여성이 몸을 앞뒤로 흔들면서 웃어야 신과 만날 수 있다는 말을 반복하는 중이었다.

학교 보안관은 반쯤 열린 교문 앞에 서서 매의 눈으로 지켜보고 있었다. 학교 안으로 한 발짝이라도 들어오면 가만 놔두지 않겠다는 듯 무서운 표정으로 지켜보던 그는 다니엘이 다가오자 물었다.

"뭐 놓고 갔니?"

"책을 놓고 갔어요."

"저런, 얼른 갔다 와라."

"고맙습니다."

꾸벅 인사하고 교문 안으로 들어간 다니엘은 운동장을 가로질러서 뛰어갔다. 육상 트랙이 있는 운동장은 인조 잔디가 깔려 있었지만, 그 위에서 운동하거나 뛰어노는 제일 초등학교 학생들은 없었다. 그런데 딱 한 명이 보였다. 걸음을 멈춘 다니엘은 그 사람이 대진이라는 걸 알아보고는 고개를 절레절레 흔들었다.

"또 당랑권이야?"

두 팔을 치켜들고, 다리 하나를 들어서 이리저리 움직이는데 아무리 봐도 누구를 때려눕힐 것 같지는 않았다.

"춤도 아니고, 진짜 이상하네."

신경 쓰지 않기로 하고 옆으로 지나갔다. 그런데 이상한 소리가 들렸다.

"설마?"

놀란 다니엘은 당랑권을 하는 대진이를 바라봤다. 여전히 두 팔을 벌리고 춤추는 듯하던 대진이는 천진난만하게 웃고 있었다. 입꼬리는 하늘로 올라가 있고, 눈은 반달처럼 휘어진 채 말이다. 걸음을 멈춘 다니엘은 몇 번 눈을 깜빡거렸다.

"게임을 하다가 눈이 나빠졌나?"

몇 번이고 다시 봐도 대진이는 웃고 있었다. 비로소 자신이 본 게 뭔지 깨달은 다니엘은 비명을 지르며 뒤로 넘어졌다.

"으악!"

인조 잔디 위에 주저앉은 다니엘을 본 대진이가 팔과 다리를 내리고 바라봤다. 얼굴에 웃음기는 사라진 상태였지만 아까는 분명 웃고 있었다. 다니엘은 무심한 표정으로 서 있는 대진이에게 물었다.

"너, 지금 웃고 있었던 거야?"

"응, 웃고 있었어."

대진이가 태연하게 대답하는 걸 본 다니엘이 다시 비명을 질렀다. 지난 몇 달 동안 수많은 전문가가 온갖 방법을 써 봤지만, 아무도 학교 안에서 학생들을 웃기는 데 실패했다. 그

런데 전학생이 혼자서 웃고 있었다.

"마, 말도 안 돼! 어떻게 학교 안에서 웃을 수 있는 거야?"

다니엘이 덜덜 떨면서 묻자, 대진이가 가볍게 팔을 흔들면서 대답했다.

"아, 명랑권을 익혀서 그래."

"명랑권?"

다니엘의 반문에 대진이가 고개를 끄덕거렸다.

"응, 내가 지금 익히는 게 바로 명랑권이야."

그러면서 팔을 펼쳤다. 다니엘의 눈에는 이제 더는 우스꽝스러워 보이지 않았다.

"우와!"

감탄사를 날린 다니엘은 진심으로 부러웠다.

"축하해. 상금 받겠네?"

"무슨 상금?"

대진이의 물음에 다니엘이 대답했다.

"학교 안에서 웃으면 상금을 받을 수 있어. 천만 원!"

다니엘의 대답을 들은 대진이가 웃으며 고개를 저었다.

"난 못 받아."

"왜?"

"전학생은 해당 사항이 없다고 하더라."

"진짜?"

다시 희망을 얻은 다니엘의 물음에 대진이가 고개를 끄덕거렸다.

"그리고 난 돈 같은 거 필요 없어."

대진이의 얘기를 들은 다니엘은 상금을 받을 수 있다는 희망을 다시금 얻었다. 기운을 낸 다니엘이 물었다.

"지금 익히는 게 무슨 권법이라고?"

"명랑권. 당랑권 말고 명랑권."

가까스로 정신을 차린 다니엘이 엉덩이를 털고 일어났다.

"나도 배울 수 있어? 그거, 당랑권 말고 명랑권."

다니엘의 물음에 대진이가 너무 쉽게 고개를 끄덕거렸다.

"그럼, 명랑권은 아무나 익힐 수 있지."

"정말? 네가 가르쳐 줄 수 있어?"

"물론이지. 배우긴 어렵지 않아. 대신 조건이 있어."

"무슨 조건?"

다니엘은 혹시나 돈을 내야 한다고 얘기할까 싶어 바짝 긴장했다. 팔을 가볍게 흔든 대진이가 말했다.

"방귀를 뀌어서는 안 돼."

"뭐라고?"

예상 밖의 조건에 놀란 다니엘이 눈을 동그랗게 뜨고 다시 물었다.

"방귀를 뀌면 안 된다고?"

"응, 절대로 방귀를 뀌면 안 돼."

"바, 방귀를 뀌면 무슨 일이 벌어지는데?"

이 무슨 해괴한 조건이냐고 속으로 생각한 다니엘의 물음에 대진이가 대답했다.

"그럼, 명랑권을 익히지 못해."

"왜?"

"명랑권은 몸속에 웃음 에너지를 만들어 주거든. 그런데 방귀를 뀌면 모두 사라져 버려. 특히 남들 앞에서 방귀를 뀌면 안 돼."

여전히 이상했지만, 다니엘은 학교에서 가장 먼저 웃겠다는 생각으로 승낙했다. 웃기만 한다면 그깟 방귀 참는 것 정도는 어렵지 않다고 생각한 것이다.

다니엘은 고개를 끄덕거렸다.

"알겠어."

# 웃음권을 익혀라

어제 명랑권을 배우기로 약속하고 대진이와 헤어졌던 다니엘은 수업이 끝나자마자 반장에게 휴대 전화를 돌려받고서 약속 장소인 강당 뒤로 갔다. 명랑권을 익힌 뒤에 웃게 되면 유튜버가 제안한 상금을 차지할 수 있다고 생각한 것이다. 하지만 부푼 꿈은 강당 뒤에 모인 몇 명의 아이들을 보고는 와장창 깨지고 말았다. 준비 운동을 하던 아이들이 다니엘을 경계 어린 눈으로 바라봤다.

옆 반 강성민은 엄친아였다. 초등학교 5학년답지 않게 큰 키를 자랑했다. 그 옆에는 공붓벌레로 불리는 박한진이 있었는데, 두툼한 뿔테 안경을 쓴 채 몸을 풀고 있었다. 그리고 여

학생 중에서 가장 운동을 좋아하고, 강단 있는 성격을 자랑하는 남마리까지 보였다. 다니엘은 그나마 가까운 마리에게 물었다.

"왜 왔어?"

"배우려고 왔지. 넌?"

마리의 반문에 다니엘이 얼굴을 찌푸렸다.

"명랑권 배우려고 왔는데."

"너도 대진이가 웃는 걸 봤구나."

대답 대신 고개를 끄덕거리던 다니엘은 약속 장소로 다가오는 대진이를 봤다. 순간 짜증이 솟았지만, 생각해 보니 한 명만 가르치라는 법은 없었다. 그래서 화를 꾹 참고 대진이를 쳐다봤다. 네 아이 앞에 선 대진이가 명랑하게 웃었다.

"다들 왔네? 안 올 줄 알았는데."

그 얘기를 들은 다니엘은 마리를 바라봤다. 마리 역시 다니엘을 쳐다봤다. 다른 아이들보다 먼저 웃어야만 상금을 받을 수 있다는 생각이 들자 얼굴이 굳어졌다. 다들 같은 생각이란 느낌에 다니엘은 결심했다.

"어떻게든 가장 먼저 웃고 말겠어."

속으로 생각해야 하는데 무심코 입 밖으로 내고 말았다. 아차 싶었는데 앞에 서서 대진이를 보는 강성민과 박한진은 못 들은 것 같았다. 하지만 옆에 선 마리는 들은 게 분명했는지 표정이 더욱 굳어졌다. 속내를 들킨 다니엘은 한숨을 푹 푹 쉬면서 몸을 풀었다. 네 아이의 속마음은 전혀 눈치채지 못했는지 천진난만하게 웃은 대진이가 말했다.

"일단 오늘은 첫날이니까 간단히 몸을 푸는 법을 가르쳐 줄게. 일단 팔은 이렇게 풀면 돼."

다니엘은 잔뜩 집중한 채 대진이가 알려 주는 몸 푸는 법을 따라 했다. 옆에 있는 마리는 물론이고, 앞에 있는 성민이와 한진이 역시 잔뜩 신경을 집중하는 것 같았다. 웃기 위한 경쟁이 쉽지 않겠다고 생각한 다니엘은 한숨을 푹푹 쉬었다. 몸을 푼 대진이가 아이들 앞에 섰다.

"지금부터 명랑권, 즉 웃음권의 초식(무술의 자세)들을 알려 줄게. 천천히 해도 되니까 겁먹지 말고 따라 하면 돼. 대신 절대로 방귀를 뀌면 안 돼."

지난번에 들은 적이 있었던 다니엘은 그냥 넘겼지만, 마리를 비롯한 다른 아이들의 얼굴이 일그러졌다. 학교 밖이었다면 웃어넘길 일이었지만 웃는 대신 표정 관리가 안 된 것이다. 한진이가 물었다.

"왜? 냄새 때문에?"

"집중력이 흩어지니까, 웃음은 순수해야 하는데 방귀가 나오는 돌발 상황으로 웃게 되면 의미가 퇴색되어 버려."

알쏭달쏭한 얘기였지만 일단 웃는 게 목적이라서 다들 고개를 끄덕거렸다. 그런 아이들 앞에 선 대진이가 두 다리를 최대한 벌리고 엉거주춤 몸을 낮췄다. 그걸 본 마리가 중얼거렸다.

"저건 태권도 기마 자세인데?"

자세를 잡은 대진이가 따라 하라고 하자 다들 시키는 대로 했다. 그러자 크게 숨을 내쉰 대진이가 말했다.

"자세 다음으로 중요한 게 호흡이야. 편안하고 일정해야 웃음이 나올 수 있어. 그러니까 마음을 편안하게 하고 잡념을 없애야 해. 필요하면 눈을 감아도 좋아."

다니엘은 대진이의 말대로 눈을 감고 호흡했다. 하지만 금방 균형을 잃고 비틀거리고 말았다. 머쓱해진 다니엘이 다시 자세를 잡았다. 그리고 대진이가 시키는 대로 웃기 위해 명랑권을 익혔다.

47

일요일 오후, 다니엘은 피시방에 멍하게 앉아 있었다. 문을 열고 들어온 정영이가 두리번거리다가 다니엘을 발견하고는 쾌활하게 웃으며 다가왔다.

"무슨 생각하는데 얼굴이 그렇게 썩어 있어?"

옆자리에 앉은 정영이의 물음에 다니엘은 손으로 어깨를 두드리며 말했다.

"안 하던 운동을 하려니까 죽을 맛이다."

"숨쉬기 운동도 힘겨워하면서 무슨 운동을 한다고 해?"

지친 표정의 다니엘은 고개를 절레절레 저으며 대답했다.

"모바일 메신저로 다 얘기했잖아."

"진짜 웃음권을 배우는 중이야?"

정영이가 크게 웃었다. 그러자 게임을 하던 몇 명이 짜증 난다는 표정으로 돌아봤다. 얼른 입을 틀어막은 정영이가 다니엘을 째려봤다.

"너 때문에 눈총받았으니까 게임비 내라."

"그냥 나가자. 팔 아파서 게임도 못 하겠어."

다니엘이 일어나자, 정영이가 따라 일어나며 툴툴거렸다.

"같이 가."

가방을 둘러메고 피시방을 나온 다니엘은 사거리에서 신호 등을 기다렸다. 뒤따라 나온 정영이가 물었다.

"어디 가?"

"공원."

"얼씨구. 평소에 안 가던 곳을 왜 가?"

"연습해야지."

정영이가 배꼽을 잡고 웃으며 말했다.

"웃음밸? 아니 웃음권?"

다니엘은 웃으며 따라오는 정영이를 쳐다보지도 않고 신호가 바뀌자 공원으로 향했다. 해 질 무렵의 공원에는 애완견을 산책시키는 사람들과 가볍게 운동하는 사람들로 가득했다.

벤치가 있는 팔각정 주변을 지나간 다니엘은 화장실 옆 공터에 섰다. 그리고 주변을 돌아본 다음에 두 다리를 살짝 벌렸다. 호기심을 느낀 정영이가 벤치에 앉아서 지켜봤다. 심호흡하고 자세를 잡은 다니엘은 팔을 천천히 옆으로 움직였다. 무술 같기도 하고, 그냥 체조 같기도 해서 정영이는 고개를 갸웃거렸다.

"뭐야. 저게."

지나가는 사람들도 같은 생각이었는지 걸음을 멈추고 지켜보다가 웃고 지나갔다. 하지만 다니엘은 진지한 표정으로 팔을 흔들고 다리를 떨었다. 그리고 두 발을 모으고 숨을 깊게 내쉬면서 몸을 앞뒤로 흔들거렸다. 그걸 보고 물개처럼 손뼉을 친 정영이가 물었다.

"그게 웃음권이야?"

"2번 초식, 배꼽 웃음."

정영이가 또다시 배꼽을 잡고 웃었다. 다니엘은 그런 정영이를 흘겨보면서 동작을 몇 번 반복했다. 그러자 몰티즈를 끌고 지나가던 사람이 잠깐 쳐다보다가 갔다. 머쓱해진 다니엘이 슬며시 웃었다. 손뼉을 치며 웃던 정영이가 말했다.

"진짜 배꼽 빠지겠다. 그나저나 대진이는 어떻게 명랑권인가 맹랑권인가를 배웠데?"

"몰라. 물어볼 분위기가 아니야."

"진짜 네 명이 서로 먼저 웃겠다고 명랑권을 연습한다고?"

정영이가 믿기지 않는다는 듯 헛웃음을 지으며 물었다. 대답하려던 다니엘은 무심코 분수대 쪽을 바라보다가 누군가를 발견했다. 다니엘이 그쪽을 계속 바라보자, 정영이가 고개를 돌렸다.

"뭔데?"

"저기 마리 와 있네. 남마리."

분수대 옆에는 운동복 차림의 마리가 명랑권을 연습하는 중이었다. 그걸 본 정영이가 웃겨 죽겠다는 표정으로 둘을 번갈아 바라봤다. 마리와 비교되는 게 싫어진 다니엘은 가방에서 책을 꺼냈다. 그걸 본 정영이가 물었다.

"책은 왜?"

"읽으려고."

"책을 읽는다고? 참고서가 아니라 책을?"

"명랑권을 익히려면 책을 잘 읽어야 한다고 했어. 그래야 웃음 에너지가 잘 생성된다고 말이야."

"책 읽기 말고 또 뭐 하라고 했는데?"

정영이의 물음에 다니엘은 책을 펼치면서 말했다.

"운동. 주기적으로 몸을 풀어 주래. 그래서 내일부터 학교 수업 끝나고 축구하려고."

"그 학교 운동장은 폼이잖아."

"어쨌든 시키는 대로 해야지. 그래야 내가 학교에서 처음으로 웃는 학생이 되는 거잖아."

다니엘의 말에 정영이가 고개를 절레절레 저었다.

"하다 하다 먼저 웃으려고 경쟁하다니, 너무 웃기잖아."

"난 안 웃기거든. 책 읽어야 하니까 방해하지 마."

머쓱해진 정영이가 휴대 전화를 꺼내 들었다. 다니엘은 이제 막 켜진 가로등 불빛에 의지해서 책을 읽었다.

다음 날, 수업이 끝나자마자 다니엘은 강당 뒤편으로 향했다. 며칠 사이에 소문이 더 퍼졌는지 대진이의 제자들이 몇명 더 늘었다. 조급해진 다니엘은 서둘러 몸을 풀었다. 그걸본 마리가 말했다.

"천천히 몸 풀어. 서두르면 방귀 나온다고 했잖아."

조급한 속마음이 들켰다고 생각한 다니엘은 대뜸 짜증을냈다.

"신경 쓰지 마. 내가 알아서 할게."

다니엘의 얘기를 들은 마리가 어깨를 으쓱거리고는 자세를 잡았다. 잠시 뒤, 대진이가 모습을 드러냈다. 뒷짐을 진 대진이가 늘어난 제자들을 보고는 말했다.

"오늘부터는 세 번째 초식인 마음 놓고 웃기를 시작할 거야. 다들 심호흡하고 나를 따라 해. 수련 중에 방귀를 뀌면탈락이니까 뀔 사람은 지금 뀌어."

대진이의 말에 수련생들 몇 명이 수군거렸다. 다니엘은 살짝 방귀를 먼저 뀔까 생각했지만, 마리가 비웃을 것 같아서꾹 참았다.

잠깐 여유를 주었던 대진이는 시작이라는 말과 함께 자세를 잡았다. 다니엘이 그냥 똥 싸는 자세라고 이름 지은 것으로, 두 다리를 쭉 벌리고 엉거주춤한 자세이다. 다니엘은 시키는 대로 자세를 잡고 심호흡하며 대진이를 바라봤다. 대진이가 손을 앞으로 쭉 내미는 걸 보고 따라서 내미는데 갑자기 방귀가 나왔다.

"부우웅!"

너무 우렁차고 기습적으로 나오는 바람에 다들 어리둥절해했다. 그러다가 하나둘씩 냄새를 맡았는지 얼굴을 찌푸렸다. 그러고는 한 명씩 다니엘을 바라봤다. 나 아니라고 하려했지만, 남은 방귀가 한 번 더 나오면서 빼도 박도 못하게 되었다. 대진이가 안타까운 표정을 지으며 바라봤다.

"규칙을 알고 있지?"

"아니, 하, 한 번만 봐줘. 나오는 걸 어떻게 참아."

아쉬워진 다니엘이 애원했지만 대진이는 꿈쩍도 안 했다.

버텨보려고 했지만 빨리 가라는 다른 제자들의
차가운 눈길이 쏟아졌다. 결국 다니엘은 짜증을 내며 자리를
떴다. 운동장 쪽으로 걸어 나온 다니엘은 울분을 터트렸다.
　"그래도 내가 첫 번째 제자였는데 말이야."
　화가 난 다니엘은 텅 비어 있는 운동장을 마구 뛰었다. 심
장이 터질 것 같이 뛰고, 또 뛴 다니엘은 쓸쓸히 학교를 나갔
다. 학교 밖에는 여전히 학생들에게 웃음을 줄 수 있다고 장
담한 온갖 사람들이 몰려 와 있었고, 학교 보안관이 그들을
매의 눈으로 지켜보는 중이었다. 대치하는 그들 사이를 지나
교문을 나오자마자 웃음이 터져 나왔다. 서글프고 짜증이
나서 나오는 헛웃음이었다. 다니엘은 웃으며 그들 사이를 지
나 학교를 벗어났다.

집으로 돌아온 다니엘은 씩씩거리며 방으로 들어갔다.

"그래, 이제부터 공부할 거야. 공부! 웃지 않으면 어때!"

다니엘은 책을 펼쳐놓고 읽기 시작했다. 하지만 자꾸만 미련이 남았다. 결국 공부를 하는 둥 마는 둥 하고는 다시 밖으로 나왔다. 웃음권을 익히면서 저녁이 되면 항상 공원에 나가서 운동했기 때문에 습관이 되어 버린 것이다.

퇴근한 부모님은 운동 잘 다녀오라고 하셨다. 밖으로 나온 다니엘은 공원으로 뚜벅뚜벅 걸어갔다. 그러면서 마음이 차츰 누그러졌다. 밖에서는 언제나 웃을 수 있었는데 그걸로 너무 큰 욕심을 부렸다고 느낀 것이다.

"그래, 내가 돈에 눈이 멀어서 억지로 웃으려고 한 거였잖아."

부끄럽고 창피해진 다니엘은 다 잊고 운동을 하기로 했다. 밖에서 실컷 웃고 친구들과 재미있게 지내기로 마음먹은 것이다. 한결 홀가분해진 다니엘은 늘 하던 대로 화장실 옆 공터에서 천천히 몸을 풀었다. 가볍게 운동을 하고 공원을 몇 바퀴 걷기로 했다. 그렇게 몸을 푼 다음에 걸으려는 찰나, 예상 밖의 인물이 눈앞에 나타났다.

"대진아!"

아무런 기척도 없이 홀연히 나타난 대진이는 다니엘을 보며 미소를 지었다.

"산책할 거지? 같이 돌까?"

갑작스럽게 눈앞에 나타난 대진이의 제안에 다니엘은 고개를 끄덕거렸다. 그리고 나란히 공원의 트랙을 걷기 시작했다. 다니엘은 대진이가 왜 갑자기 나타났는지 궁금했지만 일단 같이 걸었다. 나란히 걷던 대진이가 갑자기 물었다.

"웃는다는 게 뭘까?"

그러자 피식 웃은 다니엘이 대답했다.

"웃기는 일이지."

엉뚱한 대답이었지만 흡족한 표정을 지은 대진이가 말했다.

"행복해 보이네?"

"다 내려놨으니까. 생각해 보니까 너무 욕심을 부렸어. 상금을 받겠다는 생각에 말이야."

"이제 내려놓으니까 마음이 편해?"

대진이의 물음에 잠깐 생각하면서 걷던 다니엘이 고개를 끄덕거렸다. 그러자 걸음을 멈춘 대진이가 가방에서 낡은 책을 하나 꺼냈다. 그리고 따라서 걸음을 멈춘 다니엘에게 건넸다. 엉겁결에 책을 받은 다니엘이 물었다.

"뭐야? 이게."

"제목을 봐."

대진이의 대답에 사극에나 나올 법한 낡은 책의 제목을 천

58

천히 읽었다.

"명랑 비급?"

"명랑권을 혼자서 익힐 수 있는 책이야. 사실 나도 이걸로 명랑권을 배웠어."

책을 이리저리 살펴본 다니엘이 대진이를 바라봤다.

"이걸 왜 나한테 줘? 난 방귀를 뀌어서 쫓겨났잖아."

"그렇긴 해도 웃음을 포기하거나 미워한 건 아니잖아."

"맞아. 웃음은 잘못이 없지."

다니엘의 대답을 들은 대진이가 말했다.

"힘들고 어려울수록 웃어. 그게 진정한 웃음이고 널 구해 줄 거야."

"웃음이 날 구해 줄 거라니, 무슨 뜻이야?"

대답 대신 씩 웃은 대진이가 손을 흔들면서 달려 나갔다. 다니엘은 책을 쥔 채 말했다.

"고마워. 내일 학교에서 보자."

대진이는 아무 대답 없이 가로등이 없는 어둠 속으로 사라졌다.

그리고 다음 날, 학교가 발칵 뒤집혔다. 대진이가 사라진 것이다.

# 사라진 대진이

"아니, 학생의 기록이 송두리째 사라져 버렸다는 게 말이 됩니까?"

회의실에서 교장이 씩씩거리며 말하자, 교감이 난감한 표정으로 대답했다.

"황대진 학생의 전학 관련 기록들은 아무리 찾아봐도 없습니다."

"기록이 왜 사라진 거죠? 해킹을 당한 겁니까?"

교장의 물음에 교감이 고개를 저었다.

"사이버 수사대에서는 해킹한 흔적이 없다고 했습니다. 글자 그대로 기록이 모두 증발해 버린 겁니다."

회의실 안을 빙빙 돌면서 목덜미를 잡은 교장이 얼굴을 잔뜩 찌푸렸다.

　"어이가 없네. 그 학생 집에는 가 봤나요?"

　"네, 학년 주임 선생님이 가 봤는데 텅 비어 있답니다."

　"가족들이 모두 야반도주라도 한 걸까요?"

　"사실, 가족들에 대한 정보도 없습니다. 그리고 요즘 세상에 야반도주할 수 있을까요?"

　"하긴. 그렇긴 하지."

　목덜미를 잡은 채 창가로 간 교장은 텅 빈 운동장을 바라봤다.

　"여전히 학교 안에서 학생들이 웃지 못한다고 말들이 많이 나오는데 이런 일까지 벌어지니, 원."

　교장의 눈치를 보던 교감이 말했다.

　"학년 주임 선생님을 시켜서 입단속을 하라고 했습니다. 다행히 공부를 잘하던 아이는 아니라서 그렇게 눈에 띄는 편은 아니었답니다."

　"거, 학생들한테 뭔가를 가르쳤다면서요."

　교장의 말에 교감이 바로 대답했다.

　"아이들이 웃을 수 있는 이상한 권법 같은 걸 가르쳤답니다. 배우는 애들이 몇 명 있긴 했지만, 크게 말썽이 된 적은 없었습니다."

"그런가요? 아무튼 책임지고 수습해 주세요. 조만간 교육청에서 감사를 나온다고 하니까 최대한 빨리 정리해야 합니다."

"무슨 일로 감사를 나온답니까?"

"다른 핑계를 대긴 했지만 뻔하잖아요."

교장의 말에 교감이 재빨리 수긍했다.

"알겠습니다."

못마땅한 눈으로 교감을 바라보던 교장은 아이들 몇 명이 운동장으로 나와서 공을 차고 노는 걸 보며 혀를 찼다.

"쯧쯧, 공부는 안 하고 뭣들 하는 건지."

그때, 회의실의 전화기가 요란하게 울렸다. 잽싸게 전화를 받은 교감이 놀란 표정으로 몇 마디 얘기를 나눈 뒤, 교장을 바라봤다.

"교육청이랍니다."

"뭐라고요?"

놀란 교장이 바라보자, 교감은 전화기를 내려놓으며 말했다.

"감사를 올 예정이라고 합니다."

"언제 온답니까?"

교장의 물음에 교감이 대답했다.

"금방 올 거랍니다."

교감의 대답을 듣던 교장은 교문을 들어서는 검은색 승용
차를 봤다. 교문을 지키던 학교 보안관이 우렁차게 경례하는
소리가 들렸다. 사색이 된 교장은 회의실 밖으로 뛰쳐나갔고,
교감 역시 따라갔다.

수업이 끝나고 교무실에 다녀온 반장에게 휴대 전화를 돌
려받은 다니엘은 정영이에게 메시지가 온 걸 보고는 곧장 답
을 남겼다.

> 어쩐 일이냐?

> 방귀 뀌어서 쫓겨났다며?

정영이의 답에 다니엘은 고개를 절레절레 저었다.

> 학생이 공부를 해야지, 스토킹하는 거야?

> 그 학교 쪽에서 냄새가 나서 킁킁거려 봤지. 진짜야?

> 진짜.

> 야, 엄청 억울하겠다. 진짜 열심히 했잖아.

> 괜찮아. 오히려 마음은 더 편안해.

정영이의 글을 보면서 얼마 전에 대진이에게 받은 명랑 비

급을 떠올렸다. 며칠 동안 계속 읽고 있었는데 오늘이 마지막 장을 읽을 차례였다. 잠깐 생각에 잠겨 있는데 다시 메시지 알림음이 들렸다.

대진이는 아직도 소식이 없어?

응, 그냥 사라졌어.

그 녀석, 사기꾼 아니야?

우리한테 사기 친 게 뭐가 있다고? 돈을 가져가거나 물건을 빼앗은 건 없어.

대신 웃을 수 있다고 했잖아.

그것도 자기가 시키는 대로 하면 웃을 수 있다고 한 거야.

그러면 왜 사라진 거야?

몰라. 선생님이 집에 찾아갔는데 그 집이 통째로 비어 있었대.

정말 웃기는 일이네. 안 웃겼냐?

학교 안에서는 못 웃었어. 웃기지도 않은 일이고.

전국적으로 너희 학교 안에서 학생들이 못 웃는다는 소문 엄청 나게 퍼졌어. 어제도 유튜브 여러 채널에서 얘기하더라.

학교 앞은 난리야. 꼭 동물원 원숭이가 된 기분이라니까.

암튼 기운 내. 웃게 되면 꼭 연락하고.

그래.

이야기를 마친 다니엘은 기지개를 켜며 교실 안을 돌아봤다. 대부분은 밖으로 나갔고, 학원으로 데려갈 엄마를 기다리는 친구들 몇 명이 휴대 전화를 보거나 잡담하는 중이었다.

휴대 전화를 주머니에 넣은 다니엘은 복도로 나와서 사물함으로 갔다. 문을 열고 가방을 꺼낸 다니엘은 지퍼를 열고 안에 있는 명랑 비급을 슬쩍 봤다. 대단한 비밀이라도 되는 것처럼 건넸지만 정작 내용은 평범했다. 틈틈이 운동하고, 책을 많이 읽고 긍정적인 생각을 가지면서 여유롭게 지내면 웃음권이 완성된다는 내용이었다.

"사실 따지고 보면 명랑권이라는 것도 그냥 스트레칭에 가까운 거였잖아."

생각할수록 의심이 들었지만 딱히 나쁜 경험을 한 것은 아니었기 때문에 화가 나지는 않았다. 그러다가 명랑 비급의 마지막 장만 남은 걸 떠올리고는 사물함 근처의 빈백 소파에 앉았다. 거의 몸을 뒤로 눕힌 다니엘은 명랑 비급의 마지막 장을 펼쳐서 제목을 읽었다.

"우리가 웃어야 하는 이유."

다음 페이지를 넘기고 내용을 읽었다. 현대 사회가 웃음을 잃은 이유를 설명하는 부분이어서 어렵지만 흥미롭게 읽었다. 다니엘은 편안한 자세로 책을 읽었다.

"현대 사회가 웃음을 잃은 것은 경쟁과 두려움 때문이다. 학교부터 사회에 나와서까지 끊임없이 경쟁해야 하고, 뒤처진다는 두려움이 생기면서 웃을 여유가 사라진 것이다. 웃기 위해서는 즐겁고 행복해야 하고 여유가 있어야 하는데, 시간이 흐를수록 반대로 여유가 줄어들고 행복이 사라진 것이다. 특히, 남과 경쟁하고 이기기 위해서 항상 긴장해야 하고 남에게 감정을 드러내지 말아야 한다고 배운다. 감정을 드러내는 것을 피하면 피할수록 웃음과 멀어지게 된다. 그럴 수밖

에 없는 것이 웃음은 가장 원초적인 감정이기 때문이다. 살얼음판을 걷듯 어떤 일이 있어도 패배하면 안 된다고 압박받는 삶이 웃음을 앗아간 것이다. 더욱이 어린 시절에 웃지 못하게 되면 어른이 되어서도 웃지 못하게 된다. 웃는 법을 잊어버린다. 그러니까 항상 웃을 수 있도록 마음의 여유를 갖고 경쟁심을 내려놓아야 한다."

한 대목을 읽은 다니엘은 동감하면서도 안타까운 마음이 들었다.

"좋은 얘기긴 한데 어렵겠네. 요즘 학교가 얼마나 달달 볶아대는데 웃을 틈이 있겠어."

책의 다음 부분을 읽던 다니엘은 마지막 페이지 에필로그를 보고 눈빛을 반짝거렸다.

"웃음을 빼앗는 악당. 무슨 소리야?"

"세상에는 웃음을 빼앗으려는 악당들이 존재한다. 그들은 공부와 경쟁을 강요하고, 감정을 드러내는 것이 나쁜 일이라고 가르친다. 그렇게 웃지 못하게 만든 다음에 쌓인 웃음 에너지를 빼앗아 가는 것이다. 이상하다고 깨달았을 때는 너무 늦는다. 그들과 싸우기 위해서 명랑권을 익혀야 한다. 그리고 무엇보다 중요한 것은……."

"한 다니엘!"

빈백 소파에 누워서 책을 읽던 다니엘은 학년 주임 선생님의 목소리에 고개를 들었다. 책 너머에 은테 안경을 쓴 학년 주임을 본 다니엘은 얼른 대답했다.

"네, 선생님."

"1층 상담실로 가 봐라."

"상담실로요?"

"교장 선생님이 부르신다. 얼른."

"네."

냉큼 대답한 다니엘은 명랑 비급을 가방에 넣고 일어났다. 계단을 내려가서 1층 교장실 옆 상담실로 걸어가던 다니엘은 앞에 있는 친구들을 보고는 발걸음을 멈췄다.

"어?"

마리를 비롯해서 함께 웃음권을 익히던 친구들이 상담실 문 앞에 있는 의자에 앉아 있었기 때문이다. 그들 중에 마리를 본 다니엘은 다시 발걸음을 옮겼다. 가방을 한쪽 어깨에 메고 있던 마리가 다가오는 다니엘에게 말을 건넸다.

"너도 불려 온 거야?"

마리 옆의 빈자리에 앉은 다니엘이 대답했다.

"응, 학주가 교장이 찾는다고 해서 왔어. 너도야?"

"어, 그런데 아까 들어간 성민이도 그렇고 다들 대진이한테 웃음권을 배웠던 친구들이네."

다니엘이 고개를 옆으로 빼서 옆에 앉아 있는 아이들을 바

라봤다. 마리의 말대로 모두 웃음권을 배우던 친구들이었다.

"진짜네? 왜 우리만 부른 거지?"

"대진이 때문에 그런 거 아닐까?"

마리의 얘기에 다니엘이 고개를 저었다.

"우리가 걔에 대해서 뭘 안다고?"

"그렇긴 하지. 아까 보니까 검은색 양복 입은 사람들이 오고 교장이랑 교감이 쩔쩔매더라."

"높은 사람들이 왔나 보네."

다니엘의 대답을 들은 마리가 고개를 갸웃거렸다.

"그런데 우릴 왜 부른 거지?"

다니엘이 딱히 대답을 못 하자 답답한 표정을 지은 마리가
화장실에 갔다 오겠다며 자리를 떴다. 다니엘은 가방에서 명
랑 비급을 꺼내 마지막 페이지를 다시 읽었다. 예상 밖의 내
용이라서 긴가민가하고 있는데 상담실 문이 열렸다. 먼저 들
어갔던 강성민이 멍한 얼굴로 나왔다. 따라서 나온 교감이
의자에 앉아 있는 다니엘을 보고는 손짓했다.

"들어와라."

"저요?"

"그래, 어서."

건조하게 얘기한 교감이 돌아서서 상담실 안으로 들어갔다. 명랑 비급을 가방에 도로 넣은 다니엘이 교감을 따라 안으로 들어갔다.

범죄 예방과 신고 포스터들이 붙어 있는 상담실 안쪽에 큰 책상이 있었는데, 그 너머에 검은색 양복에 검정 선글라스를 쓴 두 남자가 나란히 서 있었다. 그들을 본 다니엘은 속으로 꺽다리와 뚱뚱이라는 별명을 붙였다. 둘 다 팔짱을 낀 채 근엄한 표정을 짓고 있었는데 한 명은 키가 크고 마른 편이었고, 다른 한 명은 작고 통통한 편이었다.

그 옆에 서 있던 교장이 고개를 돌렸다. 문가에 선 교감이 가라고 등을 떠밀었다. 가방을 한 손에 든 다니엘이 다가가자, 교장이 빈자리를 가리켰다.

"다니엘도 대진이한테 웃음권을 배웠지?"

"배웠었죠. 중간에 그만하라고 해서 쫓겨났어요."

다니엘의 얘기를 들은 양복 차림의 두 남자가 서로를 바라봤다. 그러다가 꺽다리가 팔짱을 풀고 다니엘을 쳐다봤다. 그러자 교장이 헛기침하면서 물었다.

"이 두 분은 교육청에서 오신 조사관들이시다. 대진이에 대해서 궁금한 게 있어서 오신 거니까 아는 대로 대답해라."

고개를 끄덕거린 다니엘에게 꺽다리가 물었다.

"네가 맨 처음에 대진이가 학교 안에서 웃는 걸 봤다고 하던데."

질문을 받은 다니엘은 대체 누가 그 얘기를 했을까 궁금해하면서 고개를 끄덕거렸다.

"네. 학교에 책을 놓고 와서 가지러 왔다가 운동장에서 웃는 걸 봤어요."

"누구랑 같이 있었니? 아니면 혼자?"

"제가 봤을 때는 혼자 있었어요. 운동장 가운데서 무슨 춤같은 걸 추면서 웃더라고요."

"웃음권이라는 거 말이냐?"

별걸 다 알고 있다고 속으로 생각한 다니엘이 고개를 끄덕거렸다.

"네, 그걸 익히면 웃을 수 있다고 해서 조금 배워 봤어요."

대답을 듣고 있던 뚱뚱이가 안주머니에서 수첩을 꺼내서 보여 줬다. 거기에는 마리를 비롯해서 웃음권을 같이 배운 제일 초등학교 친구들의 이름이 적혀 있었다.

"여기 이름이 적힌 친구들이 웃음권을 배운 친구들이니?"

"네."

"혹시 몸에 이상한 증상 같은 건 없니?"

"증상이요? 없었어요."

다니엘의 대답을 들은 뚱뚱이가 꺽다리를 바라봤다. 꺽다리가 다니엘에게 말했다.

"너희에게 웃음권을 가르쳐 준 황대진은 교육청은 물론이고 경찰에서도 쫓는 중이다."

"걔를 왜요?"

놀란 다니엘의 반문에 꺽다리가 대답했다.

"새천지교라는 이상한 종교 집단에 속한 아이인데 학교마다 다니면서 아이들을 포섭하고 있어."

"뭐라고요? 그런 느낌은 전혀 없었는데요."

"물론이지. 처음엔 티를 내지 않다가 충분히 포섭한 다음에 세뇌하는 수법을 쓰거든. 이 학교 아이들이 웃지 못한다는 걸 알고 그걸 미끼로 너희를 끌어들인 거야."

꺽다리의 얘기를 듣던 교장이 한숨을 쉬었다.

"전혀 모르고 있었습니다. 거기다 관련 서류들도 완벽해서 전혀 의심하지 않았죠."

교장의 얘기를 들은 꺽다리가 말했다.

"교육청 내부에 있는 신자가 전산 자료들을 조작했습니다. 그래서 가짜 서류로 전학을 다닐 수 있었죠. 이번에 겨우 꼬리를 잡았는데 간발의 차이로 놓치고 말았네요."

"어쨌든 우리 학교는 아무 잘못도 없습니다."

"조사해 보는 중입니다."

심드렁하게 대꾸한 껑다리가 다니엘에게 다시 물었다.

"어땠니?"

"대진이요?"

껑다리가 대답 대신 고개를 끄덕거리자 다니엘이 답했다.

"그냥, 웃으려고 웃음권을 배운 것밖에는 없었어요."

다니엘의 대답을 들은 뚱뚱이가 끼어들었다.

"웃음권이라는 게 뭐였니?"

"그냥 체조 같은 거였어요. 그리고 독서랑 운동을 규칙적으로 하라고 했죠."

"그게 전부였니?"

거듭되는 뚱뚱이의 추궁에 다니엘이 살짝 짜증을 냈다.

"네, 그것밖에 없었어요."

"그 아이는 굉장히 위험하단다. 나이는 어리지만 어른들도 속일 정도로 영리해. 그래서 믿고 따르던 학생들이 큰 피해를 보곤 했단다. 여기서도 머문 지 꽤 되었고, 웃음권을 가르친다는 이유로 여러 아이와 접촉했다는 얘기를 듣고 걱정이 되어서 물어본 것뿐이야."

뚱뚱이의 얘기에 다니엘은 마음이 조금 누그러졌다.

"어쨌든 별다른 이상한 점은 없었어요."

"혹시 사라지기 전에 어떤 암시 같은 건 남기지 않았고?"

질문을 받은 다니엘은 잠깐 사라지기 전날 찾아와서 명랑
비급을 넘겨준 것이 떠올랐다. 하지만 왠지 얘기하면 안 될
것 같아서 고개를 저었다.

"아뇨. 없었어요."

그런 다니엘을 물끄러미 바라보던 꺽다리가
다가왔다.

"거듭 얘기하지만 걔는 위험한
아이야. 그러니까 아는 건
뭐든지 얘기하는 게
좋을 거다."

갑작스럽게 달라진 태도에 다니엘이 살짝 겁을 먹었다.

"어, 없다니까요. 왜 자꾸 그러세요."

다니엘이 목소리를 높이고 분위기가 심상치 않자 교장이
끼어들었다.

"얘가 공부는 좀 못해도 거짓말을 할 아이는 아닙니다."

꺽다리 옆에 있던 뚱뚱이가 끼어드는 교장의 팔목을 잡아

서 가볍게 넘어뜨렸다. 교장이 비명을 지르

며 주저앉자, 문가에 있던 교감이 놀라서

다가왔다. 그러자 뚱뚱이가 손가락을

까닥거리며 꼼짝 말라는 말을 남겼다.

그 와중에 교장이 넘어지면서 꺽다리의 선글라스를 건드려서 떨어졌다. 허리를 굽힌 꺽다리가 선글라스를 집어서 쓰는 걸 지켜보던 다니엘은 큰 충격을 받았다. 아주 잠깐이지만 꺽다리의 눈동자가 세로로 되어 있는 걸 봤기 때문이다. 놀란 다니엘은 애써 못 본 척하고 빠져나갈 핑계를 댔다.

"마리가 대진이랑 친하게 지냈어요."

"누구? 여학생 말이야?"

"네. 저는 아무것도 몰라요."

다니엘의 말을 들은 꺽다리가 뚱뚱이를 바라보고는 고개를 끄덕거렸다. 뚱뚱이가 놀라서 우두커니 서 있던 교감에게 남마리를 부르라고 말했다. 다니엘은 꺽다리에게 물었다.

"가도 되죠?"

꺽다리가 고개를 끄덕거리자, 다니엘은 냉큼 일어나서 가방을 챙겼다. 그사이, 교감이 문밖으로 나가서 마리를 불렀다. 그 옆을 스쳐 가던 다니엘이 갑자기 마리의 팔을 잡았다.

# 그들의 정체

"도망쳐!"

놀란 마리가 비명을 질렀지만, 다니엘은 무슨 짓이냐는 교감을 상담실 안으로 떠밀어 버리고는 손을 잡아끌었다. 그리고 뒤도 돌아보지 않고 현관을 통해 운동장으로 나왔다. 헐레벌떡 끌려오던 마리가 물었다.

"대체 왜 이래?"

어느 정도 거리를 벌렸다고 생각한 다니엘은 숨을 헐떡거리며 말했다.

"상담실 안에 있는 사람들, 우스리우스 행성에서 쳐들어온 외계인들이야."

마리가 상담실 쪽을 바라보며 물었다.

"무슨 소리를 하는 거야? 대체."

"대진이가 사라지기 전에 남긴 명랑 비급 마지막 장에 나와 있어. 파충류처럼 세로로 된 눈동자를 가진 외계인들이 지구를 차지하고 인간들을 노예로 만들었다고."

"외계인이 지구를 차지했다니, 대체 무슨 영화를 보고 온 거야?"

"서기 2174년에."

"뭐라고?"

"인간들에게서 웃음을 빼앗아서 그걸 에너지 삼아서 지구를 정복한 거야. 그래서 저항군은 웃음을 되찾아서 그들에게 저항하는 중이었고, 그러다가 타임머신으로 대진이를 여기로 보냈어."

다니엘이 숨을 헐떡거리면서 말하자 마리가 얼굴을 찌푸렸다.

"무슨 얘긴지 도저히 못 알아듣겠어. 걔가 타임머신을 타고 왜 여기로 온 건데?"

숨을 몰아쉰 다니엘이 상담실 쪽을 보면서 대답했다.

"우리가 가장 먼저 웃음을 빼앗겼으니까."

"진짜?"

"경쟁이 치열하고 시험 때문에 웃음을 잃은 학생들이 많잖아. 그래서 웃음 에너지를 빼앗기 가장 좋은 곳이지. 그래서 미래에 우리가 가장 먼저 웃음 에너지를 빼앗기고 우스리우스 행성인들의 노예가 된다고. 대진이는 그걸 막기 위해서 여기로 온 거고."

"왜 하필 여기야."

"여기가 가장 웃음이 없는 곳이니까."

"그럼 우리가 웃음을 잃은 게 외계인들 때문이라는 거야?"

마리의 물음에 다니엘이 고개를 끄덕거렸다.

"맞아. 본격적인 침략 이전에 인간처럼 변장해서 우리에게서 웃음을 강탈해 갔어. 특히 학생들에게서 가장 많이 빼앗아 갔지."

"대진이가 저항하기 위해서 웃고 다녔다는 거야? 정말 웃기는 일인데?"

마리가 믿어지지 않는다는 표정으로 말하자 다니엘이 대답했다.

"우스리우스 행성인들이 웃는 걸 금지했기 때문에 정말 크게 저항하는 거였어. 빼앗긴 웃음을 되찾기 위해서 웃음권을 연마했지만, 계속 밀리자 특단의 대책을 취한 거지."

"어떤 대책? 대진이를 여기로 보내는 거?"

"맞아. 여기가 대한민국에서도 가장 경쟁이 치열해서 웃기 힘든 곳이잖아. 이곳을 거점으로 삼아서 서서히 세력을 넓힌 거지. 그래서 미래의 저항군들이 이곳으로 대진이를 보낸 거야. 우리를 웃게 하려고."

설명을 들은 마리는 고개를 저었다.

"아무래도 못 믿겠어."

"나도 그랬어. 그런데 명랑 비급에 나온 대로였어."

다니엘은 가방에서 대진이가 준 명랑 비급을 꺼내서 보여 줬다.

"여기 마지막 페이지에 내가 말한 게 다 나와 있어."

"책에 나왔다고 다 믿을 수는 없잖아."

"물론이지. 그래서 나도 긴가민가했는데 선글라스를 낀 그 사람들의 눈을 봤어. 파충류처럼 세로로 눈동자가 되어 있는데 바로 우스리우스 행성인들의 특징이야. 몸과 얼굴은 인간처럼 바꿀 수 있어도 눈동자만큼은 못 바꿔."

다니엘이 얘기하는 사이, 상담실 쪽에서 괴성이 들려왔다. 사람이나 동물이 아닌 다른 존재가 지르는 것 같았다. 그리고 창문을 뚫고 거대한 촉수가 뻗어 나왔다. 그걸 본 마리는 입을 다물지 못했다.

"맙소사."

"이제 내 말을 믿겠어?"

창문을 부수고 나온 촉수 끝에는 교장이 둘둘 말려 있었
다. 그리고 다른 촉수도 뒤따라 나와서 현관 앞에 서 있던 다
른 학생을 붙잡았다. 마침 수업이 끝나고 시간이 좀 지난 다
음이라 학생들은 많지 않았지만, 여기저기 몇 명씩 보였다.
그리고 속속 다른 촉수들이 모습을 드러냈다. 그걸 본 다니
엘이 가방을 내던지고 자세를 잡았다. 다니엘을 보며 마리가
말했다.

"뭐 하게?"

"싸워야지. 어차피 도망도 못 쳐."

"경찰에 신고하면 되잖아."

"쟤네들은 주변에 차단막을 만들어 놓고 촉수로 사람들을
공격해. 밖에서는 이 모습이 보이지 않아."

"그럼 어떡해야 하는데?"

마리의 물음에 다니엘은 호흡을 가다듬으면서 말했다.

"웃음권으로 저항해야 해. 배운 대로 해 보자."

다니엘의 말을 들은 마리가 될 대로 되라고 중얼거리면서
나란히 서서 자리를 잡았다. 그사이, 상담실의 창문을 뚫고
나온 여러 개의 촉수는 사방으로 꿈틀거렸다. 그러다가 둘을
발견했는지 촉수 중의 하나가 쭉 뻗어 나왔다. 그걸 본 다니
엘이 외쳤다.

"2번 초식! 배꼽 웃음."

다니엘과 마리는 두 다리를 벌린 채 몸을 앞뒤로 움직였다. 마치 배꼽을 잡고 웃는 것 같은 자세를 취한 것이다. 그러자 다가온 촉수들이 몸을 스치고 지나갔다. 몸을 앞뒤로 움직이니까 붙잡지 못한 것이다. 용기를 낸 다니엘은 하늘 높이 치솟은 촉수를 보면서 외쳤다.

"잘 봐."

위로 치솟은 촉수는 흐늘거리며 아래로 내려오면서 다시 두 아이를 노렸다. 위를 올려다보고 있던 다니엘이 외쳤다.

"3번 초식! 마음 놓고 웃기!"

두 사람은 이리저리 몸을 튕겼다. 웃음을 따라가면서 마음이 가는 대로 웃는 모습을 딴 초식이었기 때문이다. 아래로 떨어진 촉수들은 이리저리 뛰는 둘 사이에 떨어졌다. 묵직한 충격에 운동장 바닥이 깊게 파였다. 다시 스르륵 땅을 긁고 물러난 촉수가 이번에는 빗자루를 쓸 듯이 옆으로 다가왔다. 그걸 본 다니엘이 외쳤다.

"4번 초식! 자빠져서 웃기!"

이번에는 둘이 바닥에 누워서 데굴데굴 굴렀다. 너무 웃겨서 땅에 드러누워서 웃는 모습을 담은 것이다.

촉수가 바닥에 누운 둘의 위를 아슬아슬하게 스쳐 지나갔다. 그러면서 생긴 엄청난 바람에 다니엘과 마리의 몸이 휘청거렸다. 비틀거리며 일어난 마리가 물었다.

"근데 언제까지 이렇게 피하기만 해야 해? 이러다가 촉수에 잡히면 끝장이야."

"계속 버텨. 이러다가 웃음이 나오면 저들을 물리칠 수 있어."

"지금 웃음이 나올 상황이 아니잖아."

마리의 반박에 다니엘이 외쳤다.

"어차피 도망칠 수도 없잖아."

마리가 수긍하자 다니엘은 다시 자세를 잡았다. 둘을 잡는 데 실패한 촉수들은 화가 났는지 더 커졌다. 다른 촉수에는 선생님과 학생들이 잡혀 있었다.

잠시 뒤, 상담실의 창문을 통해 꼭 문어처럼 생긴 괴물이 모습을 드러냈다. 그걸 본 마리가 물었다.

"저게 우스리우스 행성에서 왔다는 외계인이야?"

"그런가 봐."

"우리 아빠 문어 좋아하는데."

마리의 농담에 다니엘은 거의 웃을 뻔했다. 반사적으로 웃음을 참았던 것인데 아쉬운 다니엘이 다시 억지로 웃으려고 시도하려는 찰나, 예상 밖의 상황이 벌어졌다.

"뿌웅!"

짧고 약했지만 분명 방귀 소리였다. 자세를 잡던 마리가 어이없다는 표정으로 돌아봤다.

"이런 상황에서 방귀가 나오니?"

다니엘이 미안하다고 말하려는 찰나, 촉수가 바람처럼 다가와 마리를 잡아갔다. 놀란 다니엘이 쫓아가려고 했지만, 다른 촉수에 맞아서 나뒹굴고 말았다. 큰 충격을 받으며 굴러간 다니엘은 정신 차릴 틈도 없이 내리쳐지는 촉수를 피해 옆으로 몸을 굴렸다.

다니엘은 교문 쪽으로 계속 밀려갔다. 계속 뻗어온 촉수를 피하기는 했지만, 이리저리 치이면서 몸에 상처가 났다. 교문 쪽은 푸르스름한 차단막 같은 것이 있어서 바깥으로 나갈 수 없을 것 같았다. 밖에서는 안쪽의 모습이 보이지 않는 듯 다들 무심하게 서 있었다. 학교 보안관 역시 교문 안에서 무슨 일이 일어나는지 전혀 눈치채지 못한 듯 등을 보이고 있었다.

"이제 피할 곳도 없네."

낙담한 다니엘은 교문을 등지고 섰다. 중요한 순간에 방귀를 뀌어 친구를 위기에 빠뜨린 것이 너무나 분하고 억울했다. 그러자 헤어지기 직전 대진이의 말이 떠올랐다.

"그래, 힘들고 어려울수록 웃으라고 했지."

힘을 최대한 빼고 웃으려는 순간, 촉수가 다가와서 몸을 빙빙 감아 버렸다.

"으악!"

촉수는 다니엘을 하늘 높이 치켜들었다. 촉수에 끌려 올라간 다니엘은 자그마해진 학교 운동장을 보면서 겁에 질렸다. 그때 메아리처럼 우스리우스 행성에서 온 외계인들의 목소리가 들렸다.

"이렇게 된 이상 계획보다 빨리 지구를 침략한다. 여기가 우리의 첫 번째 점령지가 될 것이다."

고개를 돌린 다니엘은 문어처럼 생긴 우스리우스 행성의 외계인을 내려다봤다.

"지구는 우리 거야."

"너희가 오랫동안 살아온 것은 잘 알고 있어. 그런데 너희가 과연 이 땅의 주인 자격이 있을까?"

"그게 무슨 소리야!"

화가 난 다니엘의 반문에 우스리우스 행성 외계인이 말했다.

"삶의 터전인 지구를 이렇게 짧은 시간에 망쳐 놓은 것도 너희잖아. 거기에 서로 죽이고 의심하는 동안 우리가 정체를 숨기고 자리를 잡는 것도 알아차리지 못했고 말이야."

날카로운 지적에 다니엘은 잠깐 말문이 막혔다. 하지만 곧

용기를 내서 대꾸했다.

"그렇다고 너희가 우리를 괴롭힐 자격이 있는 건 아니잖아. 지금이라도 늦지 않았으니까 너희 별로 돌아가!"

"싫어. 이 지구가 더 마음에 들어. 야만적이고, 잔인한, 너희 같은 종족들이 이곳을 차지할 자격이 없다고!"

우스리우스 행성에서 온 외계인은 마음 놓고 웃으면서 말했다.

"제대로 웃는 것조차 못하면서 말이야."

그 얘기를 들은 다니엘은 눈물이 핑 돌 정도로 분했다. 그러면서 자기도 모르게 웃음이 나왔다. 짧고 약하게 나왔지만 다니엘은 매우 놀랐다. 우스리우스 행성에서 온 외계인 역시 놀라고 말았다.

"웃었어?"

촉수의 힘이 스르륵 빠지면서 감겨 있던 다니엘은 땅으로 내려올 수 있었다. 용기를 얻은 다니엘은 대진이에게 배운 대로 웃음권 자세를 취했다. 그리고 천천히 외쳤다.

"웃음권 1번 초식, 가볍게 웃기!"

다니엘은 자세를 풀지 않고 가볍게 웃었다. 아무리 애를 써도 나오지 않았던 웃음이 천천히, 그리고 끊이지 않고 나왔다. 그러자 사방으로 뻗어 있던 촉수들이 그대로 굳어져 버리거나 쪼그라들었다. 그러면서 붙잡혀 있던 교장과 학생들이 풀려났다.

땅으로 내려온 마리가 바로 뛰어와서 옆에서 웃음권 자세를 잡았다. 그리고 2번 초식인 배꼽 웃음을 구사했다. 둘의 웃음소리가 들릴 때마다 우스리우스 행성에서 온 외계인의 촉수는 형편없이 쪼그라들었다.

"안 돼! 제발 웃지 마!"

쪼그라들면서 말라붙은 촉수들은 부스러졌고, 문어를 닮은 머리 역시 점점 작아졌다. 그러다가 결국 형체도 알아볼 수 없을 만큼 작아져서 부서지고 말았다. 부서진 잔해가 바람에 흩날려서 허공 속으로 사라져 버렸다. 긴장이 풀어진 다니엘은 그 자리에 털썩 주저앉았다. 그러고는 활짝 웃었다.

"우리가 이겼다."

감격한 마리 역시 웃으며 말했다.

"웃음권 덕분이야."

촉수에서 풀려나서 여기저기 쓰러져 있던 교장과 학생들이 하나둘씩 일어났다. 어리둥절한 표정을 지은 교장이 웃는 다니엘과 마리를 보며 물었다.

"아이고, 머리야. 무슨 일이 있었던 거냐?"

그러다가 상담실의 유리창이 깨진 걸 보고는 더욱 의아해했다.

"멀쩡한 유리창이 왜 깨진 거지? 운동장에서 공 같은 게

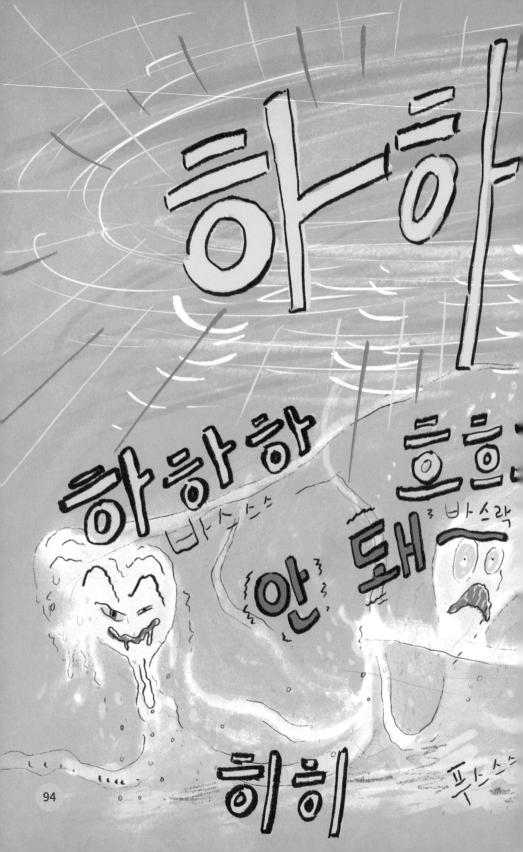

95

날아올 리 없잖아."

그걸 본 다니엘이 중얼거렸다.

"사실이었네."

"뭐가?"

마리의 물음에 다니엘이 깨진 상담실 유리창을 보며 머리를 긁적거리는 교장의 뒷모습을 바라봤다.

"우스리우스 행성의 외계인에게 공격을 받으면 의식을 잃는다고 했거든. 그러다가 깨어나면 웃음을 잃고 시키는 대로 움직이는 노예가 된다고 했어."

"그럼 우리가 구해 준 거네."

"그런 셈이지."

마리와 대화를 나누던 다니엘이 유쾌하게 웃자 상담실 창문을 바라보던 교장이 돌아봤다.

"너, 너희 지금 웃고 있는 거야?"

놀란 교장의 물음에 둘은 거의 동시에 고개를 끄덕거렸다. 그러자 교장이 활짝 웃었다.

"이제 더는 학생들이 웃지 못하는 학교라는 소리는 안 듣겠구나."

교장이 기쁨에 겨워 소리를 지르자 깨진 유리창 안에서 교감이 멍한 얼굴로 바라봤다. 학교 주변을 둘러싼 푸르스름한 차단막 같은 것도 사라져 버렸다. 그걸 보고는 홀가분한 표

97

정을 지은 마리가 물었다.

"그런데 저 외계인들은 왜 여기에 나타난 거야? 몰래 숨어서 활동한다며?"

"그러게, 생각해 보니까 이상하네."

그때, 교장이 다가와 물었다.

"너희 혹시 못 봤니?"

"누구를요?"

다니엘의 물음에 교장이 대답했다.

"교육청에서 오신 분들. 분명히 상담실에서 얘기를 나눴는데 말이다."

"돌아갔겠죠?"

"아니야. 차가 저기 있는걸."

교장이 본관 옆 주차장에 있는 검은색 차를 가리키며 말했다. 그걸 본 다니엘이 마리에게 얘기했다.

"가 볼까?"

"왜?"

"혹시 무슨 단서라도 찾을지 모르잖아."

다니엘의 설득에 마리가 동조하면서 둘은 우스리우스 행성의 외계인이 타고 온 자동차로 다가갔다. 차를 돌아보는데 쿵쿵거리는 소리가 들렸다. 걸음을 멈춘 마리가 다니엘을 바라봤다.

"들었어?"

"응."

"어디서 소리 나는 걸까?"

차량을 한 바퀴 빙 돌아본 다니엘은 트렁크 앞에서 걸음을 멈췄다. 작지만 트렁크를 쿵쿵 치는 소리가 들렸기 때문이다. 다니엘이 가만히 귀를 기울이는 사이, 운전석 쪽으로 간 마리가 말했다.

"열쇠 그냥 꽂혀 있어. 열어 봐."

다니엘이 소리가 나는 트렁크를 열었다. 안에는 재갈이 물려 있고, 손발이 묶인 대진이가 있었다. 놀란 다니엘이 아무 말도 못 하는 사이, 마리가 다가와서 대진이를 꺼내 줬다.

# 밝혀지는 진실

다니엘이 재갈을 풀어 주자 대진이가 물었다.

"그놈들은?"

"웃음권으로 물리쳤어."

마리의 대답을 들은 대진이의 눈이 커졌다.

"진짜? 익힌 지 얼마 되지도 않았는데 물리쳤다고? 진짜 대단한데!"

"다니엘이 마지막에 웃으면서 물리칠 수 있었어."

얘기를 들은 대진이가 기뻐했다. 그러자 다니엘이 말했다.

"조용한 데 가서 얘기하자. 궁금한 게 많아."

대진이가 고개를 끄덕거리고는 웃음권을 수련하던 강당

뒤편으로 향했다. 벤치에 앉은 다니엘이 옆에 앉은 대진이에게 물었다.

"명랑 비급 마지막 페이지를 보고 긴가민가했어."

"그럴 거 같아서 차마 말을 해 주지는 못했어. 방귀를 뀌는 바람에 놈들이 알아냈을 거로 생각했거든."

"그래서 자취를 감춘 거야?"

"응, 아직 실력이 부족한데 싸울 수는 없으니까. 그런데 돌아가려다가 붙잡혔어. 그리고 내가 다니던 학교를 찾아내서 온 거지. 웃음권을 익힌 너희를 찾아서 없애려고 말이야."

대진이의 얘기를 듣던 마리가 끼어들었다.

"아까 다니엘이 얘기해 주긴 했는데 뒤죽박죽으로 얘기해서 잘 모르겠어. 다시 설명해 줄 수 있어?"

마리의 물음에 대진이가 한숨을 쉬며 이야기를 시작했다.

"내가 다섯 살 때, 외계인들이 쳐들어왔어. 정확하게는 인간들 사이에 숨어 있다가 정체를 드러낸 거지. 인간들을 잡아다가 웃음을 빼앗고 노예로 만들어 버렸어."

"왜 웃음을 빼앗은 건데?"

"레이저나 핵무기에도 견뎠지만 웃음에서 나오는 파장 에너지에 취약했거든. 그래서 인간들을 잡아서 세뇌한 거야. 웃지 못하게 말이야."

대진이의 얘기를 들은 마리가 다니엘을 보며 말했다.

"맙소사. 진짜였네."

"사람들 대부분 죽거나 웃음을 빼앗긴 노예가 되고 말았어. 우리 아버지를 비롯한 소수의 사람이 저항군을 결성해서 맞서 싸웠지. 웃음권도 우리 아버지가 만들었어."

"명랑 비급도?"

다니엘의 물음에 대진이가 고개를 끄덕거렸다.

"응, 직접 가르쳐 주지 못하는 사람들에게 알려 주려고 만든 책이야. 놈들은 사람들이 웃음권을 익히지 못하도록 여러 장치를 만들었는데, 그중 하나가 생체 가스 탐지 장치였어. 그러니까 방귀 냄새를 통해서 사람들을 찾아낸 거지."

"아, 그래서 웃음권 배울 때 방귀 뀌지 말라고 한 거구나."

"맞아. 방귀를 감지하면 놈들이 올 테니까. 혹시 몰라서 떠나기 전에 너한테는 명랑 비급을 남겼어."

"그런데 어떻게 과거로 오게 된 거야?"

"아무리 싸워도 끝이 보이지 않았는데, 우연히 놈들이 만든 기계를 고치다가 시간 여행을 할 수 있는 기술을 개발했어. 아버지는 놈들이 과거에서부터 인간들 사이에서 숨어 있었으니까, 그들을 찾아내서 막으면 미래가 바뀔지 모른다고 했어."

"그래서 네가 온 거야?"

"응, 장치가 작아서 어른들은 못 들어가. 도착하고 나서 제일 초등학교에서 학생들이 웃지 못한다는 걸 알고 여기로 찾아왔지."

"우리가 왜 못 웃은 거야?"

"공부에 대한 압박과 웃으면 성적이 안 나온다는 소문에서 시작된 거 같은데 정확히는 모르겠어. 우스리우스 행성 외계인들도 그걸 조사하려고 변장해 나타난 것 같아. 나는 일단 웃음을 되찾아 주려고 너희에게 웃음권을 가르친 거고. 여기서 안 웃으면 다들 웃지 못할 거 같았거든."

"웃기 힘든 세상이잖아."

다니엘의 말에 대진이가 고개를 끄덕거렸다.

"아버지한테 얘기를 듣긴 했지만 이 정도
일 줄은 몰랐어. 우리가 알기론 그래서 우
스리우스 행성의 외계인들이 처음 모습을
드러낸 곳도 바로 대한민국이었어. 웃음
이 가장 없는 곳이었으니까."

그때, 멀리서 경찰차의 사이렌 소리
가 들렸다. 그걸 들은 다니엘이

가장 웃음이 없는 곳 대한민국

일어났다.

"교장이 신고했나 봐."

사이렌 소리가 점점 가까워지자 대진이도 일어났다.

"이제 나는 가 볼게. 내가 여기 있으면 곤란해지잖아."

"어디로 가게? 다시 미래로 가는 거야?"

마리의 물음에 대진이가 학교 담장 밖을 가리켰다.

"내 임무는 우스리우스 행성의 외계인을 찾아내서 처리하는 거야. 혹시 웃음이 없는 다른 곳이 있는지 찾아봐야지."

비장한 표정의 대진이가 두 사람을 바라보며 덧붙였다.

"너희는 많이 웃어서 지구를 지켜 줘."

다니엘과 마리에게 작별 인사를 한 대진이는 학교 담장 쪽으로 걸어가더니 무슨 장치를 썼는지 '붕' 하고 떠서 가볍게 담장을 넘어갔다.

학교 보안관이 열어 준 교문으로 들어온 경찰차가 운동장
에서 멈추자 교장과 아이들이 몰려가는 게 보였다. 경찰차를
본 아이들이 신기하다며 웃었다.

"상담실 유리창이 깨져서 경찰이 왔어."

웃음소리를 들은 다니엘과 마리도
활짝 웃었다.